VENTE

.Du Vendredi 17 Avril 1874

HOTEL DROUOT, SALLE Nº 6

VINGT-CINQ

AQUARELLES

(SUJETS ARABES)

PAR M.

G. COFFINIÈRES DE NORDECK

Mᵉ CHARLES OUDART, COMMISSAIRE-PRISEUR

M. ÉMILE BARRE, EXPERT

IMPRIMERIE J. CLAYE
RUE SAINT-BENOIT 7
LABOR
PARIS

CONDITIONS DE LA VENTE

Elle sera faite au comptant.

Les acquéreurs payeront *cinq centimes par franc,* en sus des enchères, applicables aux frais.

———

L'Exposition mettant les Adjudicataires à même de se rendre compte de l'état et de la nature des objets, il ne sera admis aucune réclamation une fois l'adjudication prononcée.

CATALOGUE

DE

VINGT-CINQ

AQUARELLES

(SUJETS ARABES)

PAR M.

G. COFFINIÈRES DE NORDECK

Dont la vente aura lieu

HOTEL DROUOT, SALLE N° 6

Le Vendredi 17 Avril 1874

A TROIS HEURES

PAR LE MINISTÈRE DE Me **CHARLES OUDART**, COMMISSAIRE-PRISEUR

34, rue Le Peletier

ASSISTÉ DE **M. ÉMILE BARRE**, EXPERT

20, Chaussée-d'Antin

Chez lesquels se délivre le présent Catalogue

EXPOSITION PUBLIQUE

LE JEUDI 16 AVRIL 1874, DE 1 HEURE 1/2 A 5 HEURES 1/2

Un des côtés les plus curieux du caractère parisien, est de vouloir connaître le monde entier sans s'éloigner des boulevards. Aussi trouvons-nous que cette exposition d'œuvres éminemment inédites et originales doit intéresser le public intelligent du Paris artistique.

Qu'est-ce en effet ? — Le voyage d'un touriste instruit, ayant vécu de la vie des camps au milieu de ces tribus nomades et hospitalières de la frontière du désert. Là, il s'est initié à cette langue arabe sans laquelle il est impossible de rien voir à Tunis. Le peuple qu'il y a fréquenté est aristocratique, dédaigneux; et, pour l'étranger, toujours sur la défensive. Il est difficile de pénétrer dans ces intérieurs mauresques si originaux et que défend une aveugle jalousie.

Nous assistons en regardant ces aquarelles brillantes à la vie de l'Arabe dans la rue et chez lui. Tantôt c'est un modeste chanteur, espèce de troubadour, qui s'accompagne sur le violon monocorde ou la tarboucha; tantôt c'est un grand seigneur qui fait donner à sa femme une audition complète des opéras inconnus, apportés de mémoire par les voyageurs venus du pays d'Aroun-al-Raschild.

Les femmes, du haut de leur balcon, regardent dans la cour, où, de par la coutume, il leur est interdit de descendre devant des étrangers. Leurs petits enfants dansent à cette musique monotone, cadencée sur le rhythme oriental. Car la vie de ces peuples, bornée à un cercle étroit, fait que leurs mélodies se traînent toujours sur des mêmes notes répétées.

Les platanes jaillissent au milieu des faïences colorées brillamment, formant un vélum naturel, qui protége la cour des rayons ardents du soleil d'Afrique.

Elles sont là plusieurs amies venues pour la circonstance rendre visite à la maîtresse du logis. Chez ces tribus fanatiques de la Tunisie, l'Arabe n'a qu'une femme légitime; s'il veut, comme un vrai talon rouge, avoir une petite maison, il la garnira des tapis les plus précieux et se donnera le luxe d'entretenir un corps de ballet dont il se réservera la jouissance personnelle. Ce sont alors des Juives, au pantalon collant broché d'or, qui couvrent leurs bras nus de bracelets et se chargent les oreilles de grands anneaux élégamment ouvragés en filigrane. Leur turban brodé fait ressortir leurs longs cheveux noirs, à moins que le caprice ne leur ait fait teindre en rouge leur rude et abondante chevelure.

Dans les rues et sur le port de la Goulette, on reste ébloui de la richesse de couleur des turbans et des vestes des moindres passants. Il ne faut presque rien pour vivre en ces pays du soleil.

Le luxe est tout dans le costume. De là ces richesses sur les longues gandouras; de là ces mille dessins, sortis de l'imagination des brodeurs fantaisistes, qui font naître sous leurs doigts les plus élégantes complications de galons. Les fils s'entrecroisent sans qu'on puisse en suivre les contours, et pourtant tout est en harmonie dans ces artistiques broderies. Le luxe s'y joint à l'élégance, et elles ne diffèrent de valeur les unes des autres que par leur matière plus ou moins précieuse.

Bientôt, honteux de votre costume européen, vous voulez l'enrichir de quelques ornements brillants. Suivez ce commandeur qui porte au cou sa décoration et dont la poitrine est parée d'une émeraude splendide. Mieux que personne il vous conduira près du harem d'été, au marché des diamants.

Sous les rayons de feu du soleil vertical, les Arabes marchent gravement, les doigts couverts jusques aux dernières phalanges de bagues précieuses, ou bien sur de petits papiers ils vous les présentent en les faisant chatoyer à l'œil ébloui. On pourrait se ruiner à vouloir déposséder quelques-uns de ces promeneurs de leurs richesses.

Pour échapper à la tentation, quelques grands seigneurs jouent aux échecs. C'est bien là le jeu de ces peuples, pour qui le temps n'a pas de valeur. Idée officielle chez eux. Un exemple : les gardes du Kasnadar ne reçoivent pas de solde pour le temps qu'ils consacrent à monter la garde chez lui, en vertu de cet axiome : « Qui ne donne rien, n'a rien. »

Lorsque vient le soir, les rues s'animent pour le plaisir. Le soleil s'est couché dans un silence qui n'est pas sans poésie; c'est

*

le plus beau moment de la journée, celui aussi où il est doux, dans le café maure du bord de l'eau, de fumer des pipes orientales, roulé dans son burnous, en regardant les flamants gagner en longs vols leur gîte de la nuit.

Pour elle la voilà, toute brillante d'étoiles, éclairée par une lune splendide. Les barques à la proue recourbée se préparent à porter demain au paquebot mouillé là-bas, les pèlerins pour la Mecque. On pense malgré soi à Simdab-le-Marin, et plus tard on est heureux de retrouver fixé par le pinceau quelque chose de ces couleurs, de ce soleil et de cette civilisation.

DÉSIGNATION

1. — Marchands d'étoffes arabes dans un vieux palais maure,
à Tunis.

H., 0^m,42. L., 0^m,56.

2. — Gardiens du Harem d'été du Bey, à la Goulette.

Sujet en hauteur.

H., 0^m 52. L., 0^m,32.

3. — Marché aux diamants et vue de la grande Mosquée, à
Tunis.

Sujet en hauteur.
(Ces deux aquarelles forment pendants.)

H., 0^m,52. L., 0^m,32.

4. — Jardin maure à l'Ariane, près de Tunis.

H., 0^m,24. L., 0^m,33.

5. — Gardes du Khasnadar (Zouaouas).

H., 0^m,22. L., 0^m,23.

6. — Barbier maure.

H., 0^m,24. L., 0^m,35.

7. — Jeune fille mauresque.

H., 0^m,34. L., 0^m,23.

8. — Départ des Pèlerins de la Mecque.

H., 0^m,24. L., 0^m,33.

9. — Musiciens khoulouglis dans une maison mauresque.

H., 0^m,46. L., 0^m,34.

10. — Trois petites filles mauresques.

H., 0^m,28. L., 0^m,38.

11. — Café maure sur le bord du lac de Tunis.

H., 0^m,31. L., 0^m,46.

12. — Voleurs arabes dans un buisson de cactus ; et Vue
lointaine de Tunis.

Ces deux aquarelles forment pendants.

H., 0^m,31. L., 0^m,46.

13. — Musicien maure.

H., 0^m,35, L., 0^m,25.

14. — Maison mauresque à Khérouan.

H., 0^m,48. L., 0^m,33.

15. — Marchand de roses à Tunis.

H., 0^m,48. L., 0^m,31.

16. — Effet de lune sur la mer, à la pointe du Sérail, à la
Goulette.

H., 0^m,22. L., 0^m,33.

17. — Danseuse juive du Bey.

H., 0^m,33. L., 0^m,47.

18. — Petit marché dans une rue.

H., 0^m,33. L., 0^m,24.

19. — Une rue de Tunis.

H., 0^m,22. L., 0^m,13.

20. — Route de Tunis à Carthage.

H., 0^m,31. L., 0^m,48.

21. — Jeune enfant arabe dans des herbes.

H., 0^m,22. L., 0^m,33.

22. — Deux petites filles arabes.

H., 0ᵐ,31. L., 0ᵐ,22

23. — Jeune garçon maure.

Haut., 0ᵐ,30. L., 0ᵐ,23.

24. — Intérieur mauresque.

H., 0ᵐ,31. L., 0ᵐ,47.

25. — Simple exécution dans la maison du Cadi, au Keff.

H., 0ᵐ,32. L., 0ᵐ,48.

PARIS. — J. CLAYE, IMPRIMEUR 7, RUE SAINT-BENOIT. — |670|

9 782329 409719